★ 儿童喜悦成长彩绘系列 ★

法国儿童
压力专注力管理
训练手册

发挥想象力，好好管理

你自己

[法]马蒂尔德·帕里／著
[法]阿芒丁·诺泰尔／绘
左天梦／译

四川大学出版社

项目策划：张　晶　王　玮
责任编辑：张　晶
责任校对：余　芳
封面设计：阿芒丁·诺泰尔　阿　林
责任印制：王　炜

图书在版编目（CIP）数据

法国儿童压力专注力管理训练手册 /（法）马蒂尔德·帕里著；（法）阿芒丁·诺泰尔绘；左天梦译． — 成都：四川大学出版社，2020.6
（儿童喜悦成长彩绘系列）
ISBN 978-7-5690-3762-3

Ⅰ．①法… Ⅱ．①马… ②阿… ③左… Ⅲ．①儿童故事－图画故事－法国－现代 Ⅳ．① I565.85

中国版本图书馆CIP数据核字（2020）第 104760 号
四川省版权局著作权合同登记图进字 21-2020-250 号

©Editions AUZOU, Paris (France) 2017, Défoule-toi!
24-32, rue des Amandiers, 75020 Paris-France
本书中文简体版由法国欧儒出版公司授权四川大学出版社有限责任公司出版。

书　名	法国儿童压力专注力管理训练手册
	Faguo Ertong Yali Zhuanzhuli Guanli Xunlian Shouce
著　者	［法］马蒂尔德·帕里
绘　图	［法］阿芒丁·诺泰尔
翻　译	左天梦
出　版	四川大学出版社
地　址	成都市一环路南一段 24 号（610065）
发　行	四川大学出版社
书　号	ISBN 978-7-5690-3762-3
印前制作	跨克创意
印　刷	成都市金雅迪彩色印刷有限公司
成品尺寸	185 mm×260 mm
印　张	8.25
字　数	100 千字
版　次	2020 年 6 月第 1 版
印　次	2020 年 6 月第 1 次印刷
定　价	68.00 元

◆ 版权所有 ◆ 侵权必究

◆ 读者邮购本书，请与本社发行科联系。
　电话：(028)85408408/(028)85401670/
　(028)86408023　邮政编码：610065
◆ 本社图书如有印装质量问题，请寄回出版社调换。
◆ 网址：http://press.scu.edu.cn

四川大学出版社
微信公众号

给你的悄悄话

➡️ 如何使用这本书?

✳️ 这并不是作业本,**不是!不是!不是的!!**
✳️ 这是你的笔记本,**100%** 属于你自己。
✳️ 你想什么时候打开它、填写它,那就什么时候打开它、填写它:不用依照顺序写得整整齐齐,可以从最后一页开始,也可以躺在自己床上的时候,在玩耍的时候,在吃煎饼的时候,在雨中……

"便便的时候也可以吗?"

"是——的!"

你是谁？

姓（真实的姓）：

名（真实的名）：

你想要的名字：

爸爸妈妈给你取的小名：

小伙伴给你取的外号：

你喜欢哪个别名：

如果你是超级英雄，你最想给自己取的名字：

这里全都是圆形！
给它们涂色吧，想涂多少就涂多少。

来！画ZZZZZZZZZZ，能画多少就画多少；
可以把它们画在下面，也可以画在反面；可以画大的，
也可以画小的……
好了，现在数数它们有多少个！

这一页也太干净了吧!

来，请3位小伙伴在这页纸上踩一踩。要是脚印带有泥浆就更好啦！现在，在这些脚印周围画上一片丛林，涂上各种颜色。

你的眼睛看到了什么?

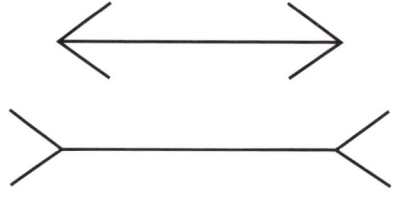

1. 这些线平行吗?

2. 这两条线一样长吗?

3. 这些小圆点是白的还是黑的?

画一幅你的自画像 画得越像越好哦。
（好吧，你可以用橡皮擦去一些，也可以添加一些装饰物，毕竟这是你的小本本！）

绘画高手专用页面：

现在 **再画一幅自画像**，画得越像越好……
但请闭上眼睛画哦！

拿上你弟弟的，
也可以是表哥的、姐姐的、姥姥的水彩笔（是谁的不重要！）
给这幅画涂上 颜色。

书写 **快乐**:

 写10样你最喜欢的家里的东西。如果可以的话,把它们找出来吧。

"只能写10样吗?"

1 ....
2 ....
3 ....
4 ....
5 ....
6 ....
7 ....
8 ....
9 ....
10 ....

现在动动你的小手折一架酷炫的纸飞机吧，
发挥你的想象力来装扮它。
裁一张长方形的纸，沿虚线折叠，然后……让纸飞机飞起来！
你想让它飞到哪里，让它带去什么消息呢？
在纸飞机上写"信"，再写上收信人的名字。

取一张长方形的纸，中间画一条虚线，
沿虚线折叠。

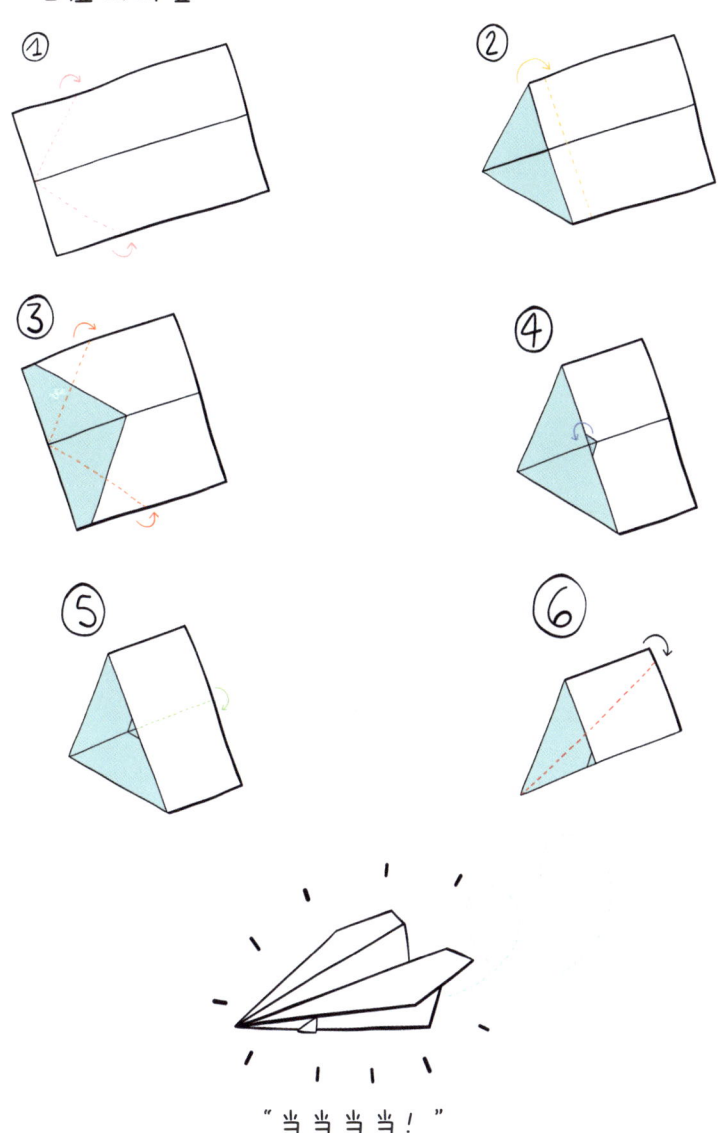

"当当当当！"

=沿虚线折叠

这一页，**你想做啥都行。**

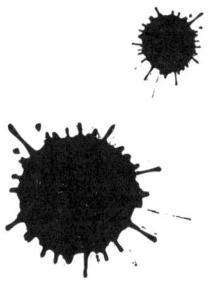

画一只 大肥羊。
如果你是右撇子就用左手画，
如果你是左撇子就用右手画。

哎哟，你会对自己说："这也太简单了吧！"
既然这样，
我们就让任务变得复杂有趣一点儿！
现在，请用你的脚画羊。

你觉得这条线可以变成什么东西呢?
请完成这幅画。

从这两页纸的边上撕出至少 **20** 个口子，但不要用力过猛把整页都撕下来。盯着这些碎片，展开你的想象……说说看，它们像什么：迷宫？怪兽？还是一座城市？

来，解开这3道数独题：

"你将拥有 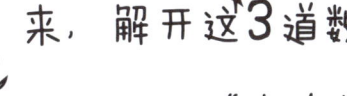 个世界冠军的力量。"

	7			5		9		
			2	9			4	7
	6	2				8		
4		7			2			9
2	9					4		
		1	3		9			2
			9		3		1	
	4					6		3
6	8	3	1	7				

	6	8	1	9		5	2	3
5	3	1	8		6	9	7	4
9	2	4	7	5	3	8	6	1
2	4	5		7	1	3	8	6
3		6	2	4	8	1		9
1		9	6		5	7	4	2
8	9	3	5		2	4	1	
6		7	4	1	9		3	8
4		2	3	8	7	6	9	5

4		6	3	8			8	
5		3	7		4			
			9			8	4	3
2	3			1		9		
	4					5	7	1
	5		6	4	7			
9		1	4		8	3		
	6	4						7
8		5	1		3		9	2

"在空格中填入1~9，确保每一行、每一列每个数字仅出现一次！"

连线小游戏：从 1 连到 207。

7天1页!

在以下 **7** 个小方格中

写下当天发生的事儿。明天见哟!

第1天　第2天　第3天

第4天　第5天　第6天

第7天

给这朵曼陀罗花涂上颜色,看看它有多美丽!

在这一页写下你想从事的所有职业,从最现实的到最疯狂的!

"去喜马拉雅山寻宝,也可以吗?"

这是爸爸妈妈专属页面！
爸爸妈妈对你说过的让你最开心的话，
让你最厌烦的话是什么？比如：
"作业做完了吗？" "房间整理好了吗？"

....

....

....

....

....

....

"你好呀！"

邀请你的小伙伴一起玩，这主意真棒！
这里有3张**邀请函**模板，给它们涂上颜色，
剪下来，也可以抄下来重新制作。

你好，_____！
我很高兴邀请你来参加我的生日聚会。
时间是2020年____月____日
____点到____点。
这是我的地址：
_____
_____

_____
我很高兴邀请你来我家玩。
时间是2020年____月____日
____点到____点。
这是我的地址：
_____
_____

嗨！_____！
你愿意和我一起去_____吗？
_____

27

这个地球除了人类，还有许许多多的飞禽走兽！

请在这里画画你知道的动物，越多越好。

"这块小地方是留给海马的！对，就是这样！"

如果你觉得上一页画不下,可以在这里接着画。

用你的嘴叼住画笔，
画出你想画的东西，
画好后让这件东西的主人
猜猜你画的是什么，
画得像不像。

在这两页中间,
滴上三四滴水彩颜料,
轻轻合上你的小本子。
稍等片刻,慢慢翻开,
把颜料晾干。
小小艺术家的作品新鲜出炉!

大声朗读这些句子，越**快**越好。

① 八百标兵奔北坡，炮兵并排北边跑。

② 炮兵怕把标兵碰，标兵怕碰炮兵炮。

③ 天上小星星，地上小青青。

④ 青青看星星，星星亮晶晶。

⑤ 青青数星星，星星数不清。

智力页：
来解谜题吧！

你参加了一场跑步比赛，在最后冲刺阶段，你超过了第二名，请问你是第几名？

谜底：你就是第二名，因为刚才第二名的人在你后面了。

星期六（Samedi）什么时候排在星期五（Vendredi）前面？

谜底：在词典里面。

有一个爸爸45岁，有一个儿子57岁，为什么？

谜底：我们说的是一个爸爸，有一个儿子，这个儿子并不是说是爸爸的儿子。

> 维伦雷特前天满8岁,明年她将满11岁,这是为什么?
>
> 答案:维伦雷特是12月31号出生,当天是12月31日。她昨天才庆祝12月30号的生日8岁,12月31号当天生日,因此,今年12月31号她将满10岁,明年她将满11岁,懂了吗,不是吗?

> 我们从同一个妈妈肚子里钻出来,同年同月同日生,但我们不是双胞胎,这是为什么?
>
> 答案:因为我们是三胞胎!

> 大家在一年(année)中会碰见我两次,一周(semaine)内碰见我一次,但一日(jour)之内我们却从不碰面,我是哪个字母?
>
> 答案:字母N。

> 你的口袋里有个东西,但你的口袋却是空的。请问口袋里到底是什么东西?
>
> 答案:一个洞!

✤ 为什么一定要等到圣诞节才写愿望清单呢?
大胆地写下至少10样你最想要的东西吧!

1 ....
2 ....
3 ....
4 ....
5 ....
6 ....
7 ....
8 ....
9 ....
10 ....

剪下这个超级英雄面具，戴上它。快来看，哇！可**真帅**呀！

开心？疲惫？兴奋？
画出你今天的心情吧！

 注意计时！2分钟内画出你脑袋里想到的东西。不要停下来哦！

写下**5**个与你最亲近的人的**3**个
特征：乔治叔叔、特蕾莎阿姨、
朋友伊娃……
随便谁都行！

笑话专属页面！
你想随时随地都幽默风趣吗？
这里有张笑话清单：

- 为什么狐狸总是摔跤？
  答案：因为狐狸成（狐）狸精。

- 为什么鱼只生活在水里？
  答案：因为猫生活在陆地。

- 怎样给大熊猫拍彩色照片？
  答案：找它们要关系好的朋友。

- 你不会法文却能和在巴黎的法国小朋友聊天，为什么？
  答案：因为那些法国小朋友会说中文。

- 绿油油的草地上来了一群饥饿的羊，打一种水果的名字。
  答案：草莓（没）。

- 什么东西生来就是为了挨打？
  答案：鼓。

- 小男孩在做家庭作业，他问爸爸："爸爸，比利牛斯山脉在哪里呀？"
  爸爸："我不知道呢。问你妈妈，家里东西都是她在收拾！"

你还知道哪些笑话?
写下来吧!

用**下面彩虹泡泡里**的7个词语填空,然后大声朗读,看看句子是否通顺。你也可以故意弄混词语来造句,哈哈!好不好笑?

1. 带上 _____ 去它原本的地方。
2. 咬紧牙关 _____ 。
3. 与其 _____ ,不如走得早。
4. _____ 又是新的一天。
5. 享受生活的 _____ 。
6. 我思,故 _____ 。
7. 凝视这些 _____ 。

注意： 集中注意力！来玩连珠棋。每人轮流下一子，谁先将4个"O"或4个"×"连成一行谁就获胜！

"我画'O'"！

"那我就画'×'好了。"

沿虚线将所有圆形图案剪下来，
将它们贴在你的本子上，
想贴哪里就贴哪里！

注意计时！ 在2分钟内作画，一口气画完，想画什么就画什么。

两页合一： 和你的小伙伴在这两页上一起创作一幅作品。游戏规则如下：轮流作画，每人每次只能画一笔。千万不要把你脑袋瓜里的想法透露给对方……**你们画的是_____？**

"唔……
蛮有趣的呀……"

这一页是乱涂乱画页,看你能画多乱!

让我们再疯狂些吧!来,这页也画上!

在这里

随便画。

这是 **象头神**,它是印度神话中的智慧之神。
你能给它画个像吗?

完成下面
这幅图。

画一张你朋友的肖像画吧,中途不要停笔。
看,画得**像不像**?

把这页纸垫在桌上吃蛋糕，
让那些漂亮的蛋糕屑尽情洒在这里——>

吃完蛋糕，合上你的小本本。

你猜到了什么？

畫一畫主角長什么樣，合上你的小本本。

未来的艺术家,请注意!

在这页纸上,先用墨水笔画上一些线条,然后用你的手指蘸上墨水继续画。画面弄脏了?那有什么关系?一幅大师之作就这样诞生啦!

你是一位大魔法师，在这个布娃娃的帮助下，说出你的愿望吧！

- 让那些坏人变矮变小，变成小老鼠吧！
- 让爸爸妈妈整晚失去理智，答应我的所有要求吧！
- 让房间自己变整洁吧！
- 让我的心声能被别人听见！

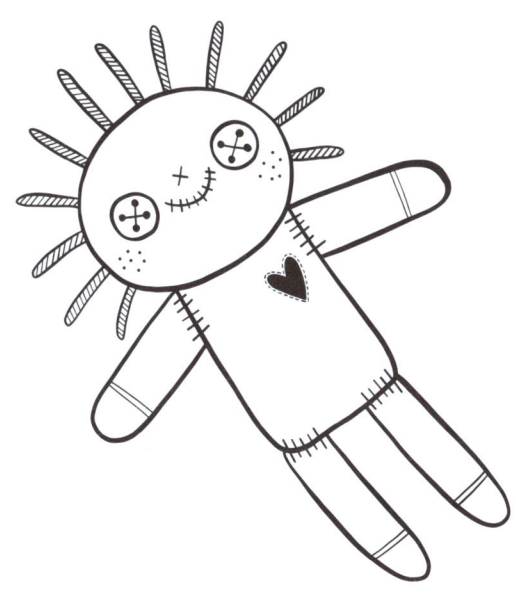

你想给40岁的自己说些什么呢?
想一想,在下面列出10句话。

在这一页上**随意画一条线**,然后发挥你的想象力和创造力——你能将这条线变成什么呢?

"一条线可以变成什么呢?"

注意计时！2分钟内想到什么写什么，中途不要停哦。

安静的时光……来，给这朵曼陀罗花涂色就能找到内心的平静。是的，是的，心真的会静下来，除非你躺在妈妈怀里睡着了！

填写这些"有益"卡片，把它们送给你的朋友。
不喜欢的人也可以送哦！

对……有益

对……有益

对……有益

对……有益

对……有益

对……有益

对……有益

对……有益

嘿！
何不在这页上写一首诗呢？

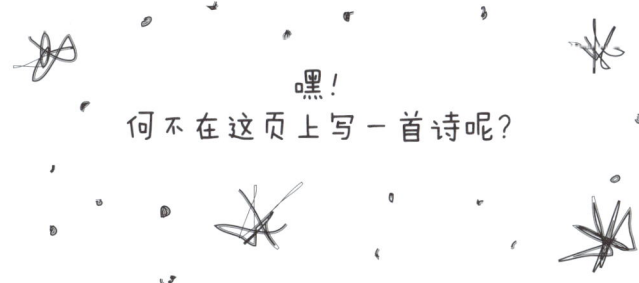

哈哈哈，太简单啦！
来点有难度的！
用下面这些词语来写诗：

猫头鹰　船只　盔甲　闪电　头发

耐心点儿，耐心点儿……

在这两页上随意涂抹出绚丽的色彩！

为了不忘记你不该忘记的,
制作一张表格,
写下现在占据你小脑袋瓜的事情吧!

1.
2.
3.
4.
5.
6.
7.
8.
9.
10.
11.
12.

生气是什么样？开心是什么样？这里有6个小方格，标有6种不同的情绪。
发挥想象，给每一种情绪画幅画吧。

生气

开心

嫉妒

兴奋

惊讶

恐惧

感觉有点儿奇怪？一点儿也不奇怪。
这是艺术创作！
将一只玻璃杯倒放进颜料中，沾上颜色，
取出来，在这两页上"盖章"。

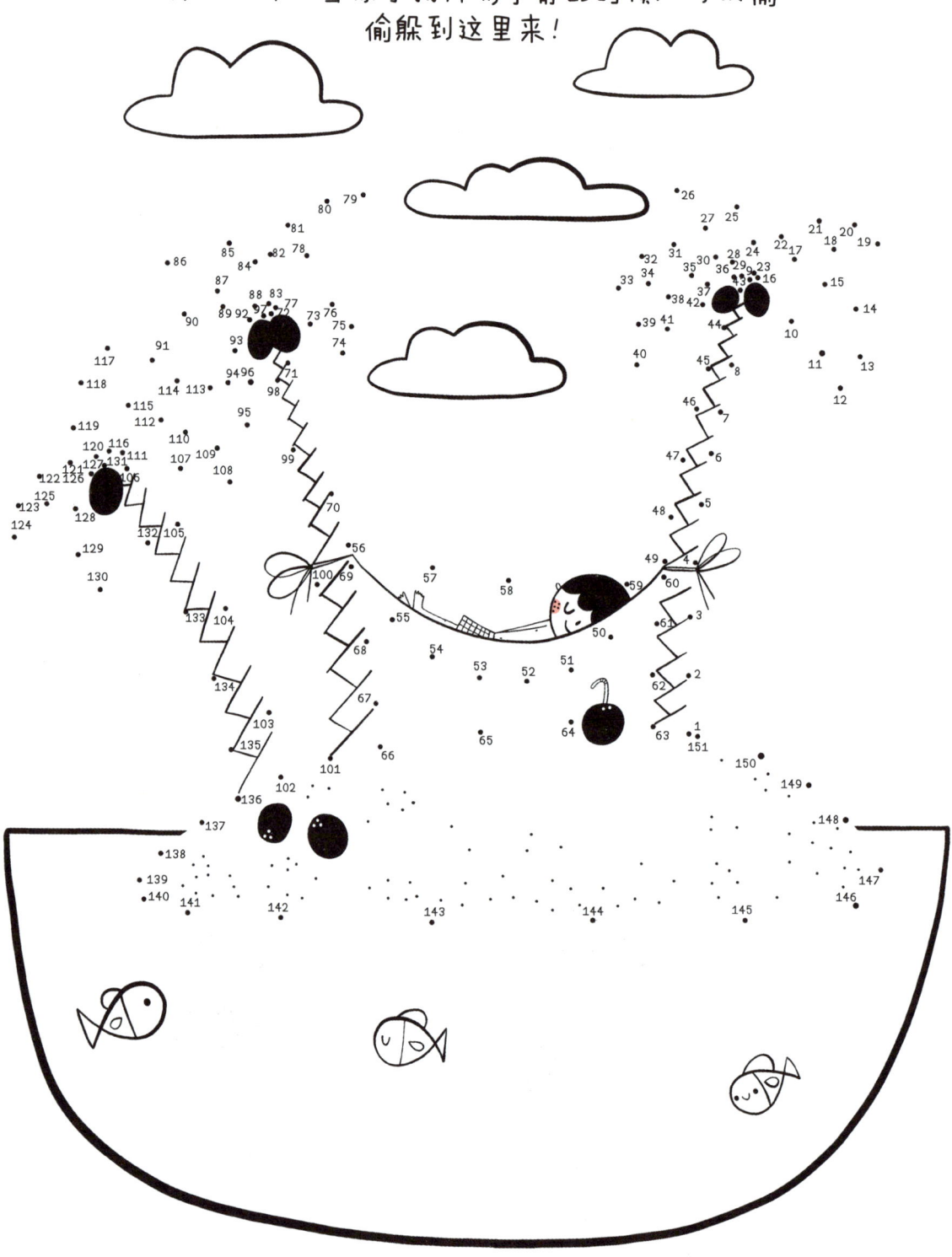

🖎 在这张字母表里找出 **15个隐藏的法语单词**.

sérénité - quiétude - bonheur - partage - courage - joie - pause - détente - rêve - vacances - paix - silence - rire - amitié - calme

s	e	r	e	n	i	t	e	o	b	c	r	a	z	a
a	a	e	e	o	e	x	k	y	o	e	x	m	k	w
p	t	v	r	q	u	i	e	t	u	d	e	i	p	t
e	r	e	d	o	p	c	u	x	j	e	e	t	m	l
r	w	b	o	n	h	e	u	r	h	e	r	i	n	e
d	v	o	b	i	y	b	i	i	p	l	d	e	b	c
p	a	r	t	a	g	e	w	r	o	e	x	k	y	h
o	c	o	u	r	a	g	e	e	p	t	n	f	p	a
p	a	q	d	i	s	a	o	b	i	c	k	z	u	n
i	n	x	p	a	i	x	p	y	e	a	q	u	j	g
e	c	b	e	o	l	c	i	p	a	l	j	o	i	e
a	e	y	r	p	e	v	e	u	z	m	e	p	m	o
o	s	p	d	i	n	p	a	u	s	e	r	p	t	o
p	c	u	x	e	c	p	c	u	x	e	d	o	b	i
n	s	n	n	n	e	p	c	d	e	t	e	n	t	e

写出最常用的
以字母 T 开头的单词吧。
法语？英语？汉语拼音？
都可以！

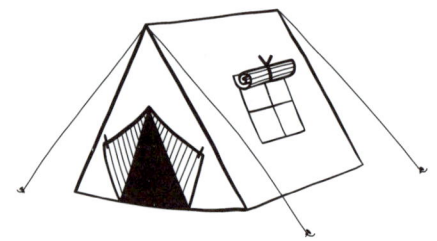  

"我的心情我做主！"剪下这些小方框，把它们贴在墙上或你的练习本上。你也可以把它们送给你的朋友……

顺其自然

笑一笑十年少！

阳光是隐藏在自己脑海里的！

跳一跳，跑一跑，动一动

嘘！我在思考！

在哪里跌倒就在哪里爬起来！

这是一个用来证明这个小本本**完全属于你的**
故事。现在将你的手指头浸入颜料中，用手指作画，
还可以画上一些小人儿！

解开这3道数独题,"你将拥有100 000个世界冠军的力量"。

9	8	5	1			2		
	2		5		6	3	8	4
4	3		2		7			9
	8		2				4	
6	9	4	3	1				7
	7				4	9		
		8	4			7	9	
3						8		5
			8			4	3	

9	7		6	5		3	2	1
3		6	4	2	7		9	8
5	2	8		3	1	4		6
2		3		9	6	1	4	7
	9	7	2		4	6	3	5
6	4	5	7	1	3		8	
		1	3	7	2	8	6	9
7	3	9	8		5	2	1	
8	6	2		4	9	7		3

2	3	5	1	8	7	6		9
	9			2	6	3	8	1
	6		9	3	4		2	
	1	6	2				7	3
7	2	9	6		3	1	5	8
3	8				1	2	9	
	5		3	7	9		1	
9	4	3	8	1			6	
1		8	4	6	2	9	3	5

"在空格中填入1~9，确保每一行、每一列每个数字仅出现一次！"

在这3条线上发挥你的创作才能吧。别忘了涂**颜色**哦！

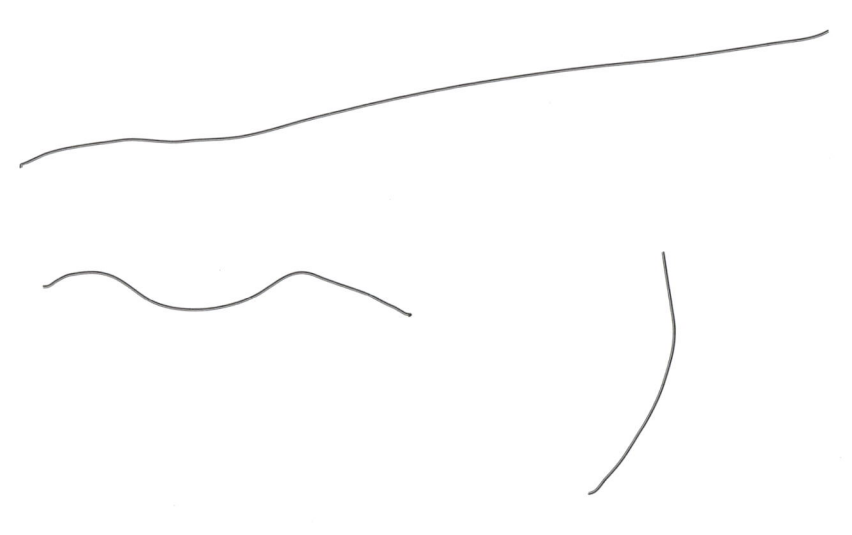

"这到底有啥用呀？"

"没有任何用处，而这正是它的绝妙之处！"

唯有工作才能成佛。

给这朵曼陀罗花涂色,想涂什么颜色就涂什么颜色。

不用画笔，直接用颜料就可以创作经典名画，
有没有兴趣尝试一下呀？
将你的小手指浸入颜料盒中，尽情施展你的想象力吧！

想不想放松一下？这里有4组**放松**练习，好好享受这**宁静**的片刻。当你想寻求片刻安宁时，照着做起来吧！

平躺在地板上，全身放松。用鼻子吸气，吸气时让肚子鼓起来，然后用嘴呼气，如此反复几次。

坐下，放空大脑，把一天中不好的事情统统赶出去。什么都不想。

平躺在地板上，从脚趾、脚踝、腿开始，一直到头部，一个部位一个部位慢慢放松。

一边伸展身体一边打哈欠，重复几次。此时的你已经恢复活力，元气满满啦！

 昨夜做的什么梦？如果你记不得了，那就画下很久、很久、很久以前的梦吧。

想象有一头可怕的、面目狰狞的怪兽,然后画下来!
接下来,给它画上玫瑰色的毛发,让它瞬间变得温柔起来。

"一头凶残的怪物!"

"是的!"

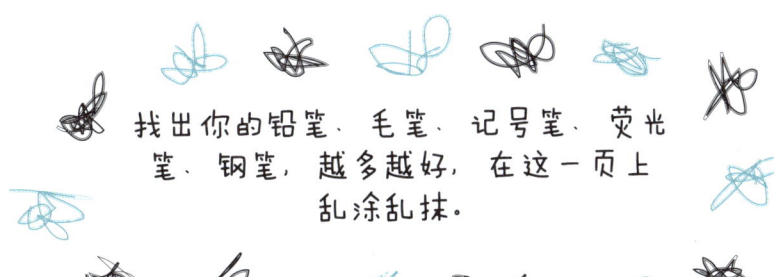

 找出你的铅笔、毛笔、记号笔、荧光笔、钢笔，越多越好，在这一页上乱涂乱抹。

这一页也画满。

将这个小本本分享给你的小伙伴、堂兄堂弟、邮递员，或者是面包店师傅，请他们在这里给你写几句话。

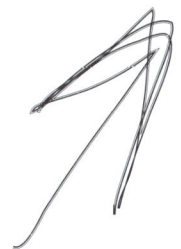

用颜料把这两页涂满,不留空白!等颜料干了,把你的食指浸入水中,在这一页上画出你喜欢的图案。
水漫出来了吗?

→ 那有什么关系!

找一些形状看起来**不规整的**小物件（卷笔刀、一块木头、小凿子……）在这一页上勾出它们的轮廓，越多越好！这些形状让你想到了什么别的画？

你在生别人的气吗?

现在你想着这个人,平静下来!给这幅画涂色,把头脑放空,将注意力集中在呼吸上。

将一根细线穿入磁针中，把它放在这两点中任意一个位置。

"多放几条浸了不同颜色的细线,让这一页五彩斑斓。"

思考题：你面前有26个字母，请写出以这些字母开头的词语，想到哪个词就写哪个词。

A

B

C

D

E

F

G

H

I

J

K

L

M

N

O

P

Q

R

S

T

U

V

W

X

Y

Z

小练习！ 把这5个写反的单词写正（你可以借助一面小镜子来帮你）。再把下面字母顺序正确的5个单词反着写出来。

SOLEIL ....

JOIE ....

DANSE ....

CALME ....

VIE ....

BONHEUR ....

BONBON ....

ZEN ....

ARTISTE ....

HUMEUR ....

✿ 把你的左手放在这一页上,手指分开,用笔描出五根手指和手掌的轮廓。接着左手稍稍朝右边旋转一点点,再描出轮廓。

先用彩色铅笔把这一页涂满。然后拿出一块橡皮，轻轻擦拭这些印记。一幅佳作就这样诞生啦！

粘贴专属页面！大胆展现你的艺术天赋吧。可以找出公交车票、电影票、巧克力糖纸、杂志封面、小贴纸……贴在这页纸上。瞧，多有创造力！

"你想不想贴一张我的照片呀?"
"不用了,谢谢。说实话,这样就可以了。"

♡ 快乐专属页面!
写下 **10** 件让你喜欢到发疯的事情吧。

1 ....
2 ....
3 ....
4 ....
5 ....
6 ....
7 ....
8 ....
9 ....
10 ....

想放松一下吗?

想象有一个海盗,但他的眼睛被布条蒙住了!他在哪里?他在干什么?
画下这个海盗的样子,剪下来,送给你的好朋友。

你分得清灰色、蓝色和黑色吗？在以下4个方框内画出4种天空：下雨的天空、乌云密布的天空、晴朗多云的天空和电闪雷鸣的天空。

 按规律把这美丽的几何图案画满整整一页吧。

幸福宝盒！ 将这6张小纸条剪下来，在每张小纸条上写下开心的话。折叠好，放入一个小盒子。几天后，一年后，甚至是30年后，再去打开这个盒子，读读每张纸条上开心的文字。

摘录专用页！在这里写下你喜欢的歌曲、书籍、诗歌的名字……

嘿！集中注意力！

找出 n

找出 8

找出 d

找出 6

找出 q

mmmmmmmmmmmmmmmmmmnmmmmmmmmmmmmmmmmmmmmmmmmm

mmmmmmmmmmmmmmmmmmmmmmmmmmmmmmmmmmmmmmmmmmmm

00000000000000000000000000000000000000000000000000

00000080000000000000000000000000000000000000000000

bbbbbbbbbbbbbbbbbbbbbbbbbbbbbbbbbbbbbbbbbbbbbbbbbbbbbbdbbbbbbbbb

bbbbbbbbbbbbbbbbbbbbbbbbbbbbbbbbbbbbbbbbbbbbbbbbbbbbbbbbbbbbbbbb

9999999999999999999999999999999999999999999999999999

9999999999999999999999999999999999999999996999999999

pppppppppppppppppqppppppppppppppppppppppppppppppppppppppppppp

pppppppppppppppppppppppppppppppppppppppppppppppppppppppppppppp

在这些小圆圈里画上不同的表情，剪下来，可以粘贴在某个你喜欢的地方，也可以让它在空中飞舞，想怎样就怎样。

用隐形墨水涂写 神秘信息

隐形墨水配方：
准备一只小碗和半个柠檬，将柠檬汁挤在碗里。
加几滴清水，搅拌一下。
用一根棉签蘸上混合液，在纸上写下你的秘密。
等汁水干掉后，刚才写的文字就会神秘地消失！
想要再看到这些文字，只需把这页纸放在灯泡旁，
文字就会慢慢显现出来。

注意计时!

在2分钟内把你小脑袋瓜里想到的事情写出来,中途不要停笔哟。

下雨啦！在这两页上滴几滴**小水珠**，在水印上着色，想象它们变成了一大片水洼。

参考答案

题见21页

3	7	4	8	5	1	9	2	6
5	1	8	2	9	6	3	4	7
9	6	2	4	3	7	5	8	1
4	3	7	6	8	2	1	5	9
2	9	6	7	1	5	4	3	8
8	5	1	3	4	9	7	6	2
7	2	5	9	6	3	8	1	4
1	4	9	5	2	8	6	7	3
6	8	3	1	7	4	2	9	5

7	6	8	1	9	4	5	2	3
5	3	1	8	2	6	9	7	4
9	2	4	7	5	3	8	6	1
2	4	5	9	7	1	3	8	6
3	7	6	2	4	8	1	5	9
1	8	9	6	3	5	7	4	2
8	9	3	5	6	2	4	1	7
6	5	7	4	1	9	2	3	8
4	1	2	3	8	7	6	9	5

4	9	6	3	8	1	7	2	5
5	8	3	7	2	4	6	1	9
7	2	1	9	5	6	8	4	3
2	3	7	8	1	5	9	6	4
6	4	8	3	9	2	5	7	1
1	5	9	6	4	7	2	3	8
9	2	1	4	7	8	3	5	6
3	6	4	2	5	9	1	8	7
8	7	5	1	6	3	4	9	2

（答案不唯一哦！）

题见84-85页

9	8	5	1	4	3	2	7	6
1	2	7	5	9	6	3	8	4
4	3	6	2	8	7	1	5	9
8	1	2	7	5	9	6	4	3
6	9	4	3	1	8	5	2	7
5	7	3	6	2	4	9	1	8
2	6	8	4	3	5	7	9	1
3	4	1	9	7	2	8	6	5
7	5	9	8	6	1	4	3	2

9	7	4	6	5	8	3	2	1
3	1	6	4	2	7	5	9	8
5	2	8	9	3	1	4	7	6
2	8	3	5	9	6	1	4	7
1	9	7	2	8	4	9	3	5
6	4	5	7	1	3	9	8	2
4	5	1	3	7	2	8	6	9
7	3	9	8	6	5	2	1	4
8	6	2	1	4	9	7	5	3

2	3	5	1	8	7	6	4	9
4	9	7	5	2	6	3	8	1
8	6	1	9	3	4	5	2	7
5	1	6	2	9	8	4	7	3
7	2	9	6	4	3	1	5	8
3	8	4	7	5	1	2	9	6
6	5	2	3	7	9	8	1	4
9	4	3	8	1	5	7	6	2
1	7	8	4	6	2	9	3	5